ふたこの魔法使い

１

大冒険の始まり

［原作］ミリアム・ボナストレ・トゥール
［訳］中井はるの

Gakken

『ふたごの魔法使い』物語について

友情と成長の冒険物語

ふたごの魔法使い、エレナとエドは、魔法学校行きのバスに乗りおくれ、ヒルデおばさんの元に転がりこむ。そこにとらわれていたのは、ウィリアムという人間の王子。エレナたちは、その後、人間の友だちと出会い、冒険を続けることになるが、大人たちの思わぬ対立に巻きこまれていく──。

主な登場人物

エレナ
12歳の魔法使い。エドとはふたごで、姉。明るく社交的。魔法で失敗しがち。

エド
12歳の魔法使い。エレナとはふたごで、弟。ホウキに乗るのが苦手。

ヒルデおばさん
エレナとエドの伯母。魔法使いたちを取りまとめる、名門ワイト家の一員。

ウィリアム王子
何かの理由で魔法使いにとらわれている。モニカ王女の婚約者。

ニコ
町に住んでいる少年。わんぱくだが、友だち思いで心やさしい。

モニカ王女
ある国の王女。自分の力で、ウィリアム王子を助けたいと考えている。

ペンドラゴン
有名な予言者。マスターともよばれる。ふたごの魔法使いを弟子にするというが──。

マーク
町にある、人気カフェの店長の息子。店を手伝っている。まじめな性格。

目次

- 1章 ♦ バスに乗りおくれた！ [5]
- 2章 ♦ ヒルデおばさんの屋しき [11]
- 3章 ♦ 空飛ぶ岩の地下牢とドラゴンの卵 [23]
- 4章 ♦ ふしぎ少年ニコとマスター・ペンドラゴン [32]
- 5章 ♦ エバンズカフェで騒動 [45]
- 6章 ♦ 王国の城で [55]
- 7章 ♦ ペンドラゴンと、みんなで暮らす [70]
- 8章 ♦ 魔法使いの家 [85]
- 9章 ♦ エレナをすくえ [101]
- 10章 ♦ 海で課外自習!? [117]
- 11章 ♦ 魔法薬のきき目 [138]
- 12章 ♦ なぞの魔法集会へ [145]
- 13章 ♦ 塔の上のモニカ [150]
- 14章 ♦ 仲間でキャンプ [172]
- 15章 ♦ モニカのこれまでと、これから [182]

♦ 物語に登場した主な場所 [190]

♦ 訳者の言葉／2巻予告 [191]

1章 バスに乗りおくれた！

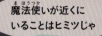
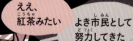

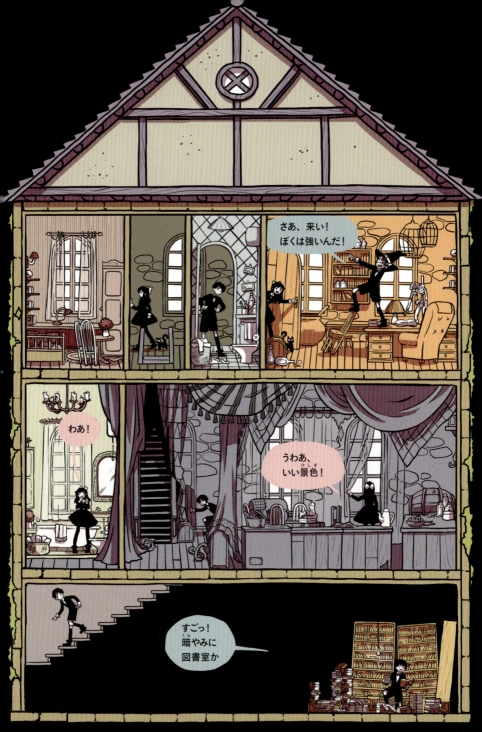

5章 エバンズカフェで騒動

45

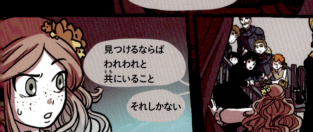

7章　ペンドラゴンと、みんなで暮らす

わあ、かわいい

うそだろ！

王女からもらった金が…。
魔法でちぢんじゃった

お屋しきを買うつもりだったのに。
オートバイも！おまえのせいだ！
お金がそんなに大切？

じゃあ、ほかに何が大切なんだ？
元にもどらなくていいの？

あんたがエドにあやまらないかぎり、あたし、元にもどす方法をさがさないから

あやまるもんか

なんで？

理由はない

いいたくないなら別にいい。

でも、もうエドをばかにしないで

何が書いてある?

すべての魔法使いたちよ

半世紀ぶりの魔法集会を開さいする。
魔法を使えぬ者たちは、
われわれをとらえて火あぶりにしてきた。
今度はわれわれが反撃する時だ。
次の新月の夜、新しき王を
決定する。
「空飛ぶ岩」で行う。
すべてのふだんの活動を休み、
子どもたちも連れてくるように。
集会に来なかった魔法使いは
すべて裏切り者とみなす。
にげる者はゆるさない。

新しい王?

あやしい感じがする

この手紙をマスターに見せないと

ああ!

ニコ?どうした?

早く来て!

ぼくはここに残って調べてみる

あっちだ
さあ、行くぞ。
30分もあれば着く
どうしてこいつも来たんだ？
おいらに気づいたらどうすんだよ？
ほかに手がなかったの。
車を持ってる人、ほかに知らなくて
いちばん理解できないのは、
マスターの頭ん中だ。どうなってる？
それでいいのだ
えっ？
なん？なんで？
おまえにはわからんだろう。だが…
マスター…
どうして？

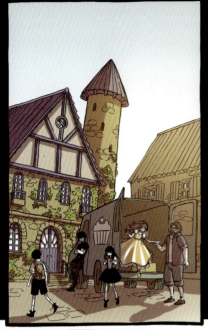

あの、エド

ね、わたし勇かんだったでしょ？

ああ。

だけど、魔法使いを火あぶりにといったのは、君のお父さんだ

それは、昔の話よ！今は禁止してる

それに、わたしはだれのことも

火あぶりになんてしないわ！

そうかな。最初はちがったよね

おこってる…

あなたも、わたしを悪者だと思ってる？

10章 海で課外自習!?

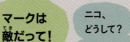

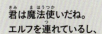

物語に登場した主な場所

なぞに包まれた場所もある。2巻以降で明らかに!?

ヒルデおばさんの屋しき
城のような大きな家。図書館や牢もある。

エレナとエドが育った町
エレナたちは、人間たちに魔法使いとばれないように住んでいた。

モニカ王女の王国の城
魔法使い狩りをやめさせた、モニカの父である王がいる。

空飛ぶ岩
ウィリアム王子たちがいる牢があり、魔法集会が行われる。

マスター・ペンドラゴンの家
海のそばにある大きな家。ニコやマークがくらす町にある。

あやしい森
エレナたちがキャンプをすることになる。上空に空飛ぶ岩がある。

訳者の言葉

ふたごの魔法使いの1巻、いかがでしたか？

まさにヨーロッパの王道ファンタジー。わたしは最初からこのシリーズのスピード感に引きこまれました。主人公のエレナとエドは、不器用で失敗ばかりの魔法使いの卵。一人前になるべく魔法学校に行くつもりが、学校行きのバスに乗りそこねてしまう。そこで優秀な魔法使いのヒルデおばさんのところに転がりこむけど、エドがドラゴンの卵に手を出したために裏切り者あつかいに……。次々に起こるアクシデントとふしぎな出会い。世間知らずのモニカ王女、思いついたらすぐに行動するニコ。それぞれがなやみ、考え、自分をさがし、失敗したり、対立したりとストーリーはノンストップ。対立の垣根をこえ、登場人物たちが友情を育み、成長していくすがたは、きっとみなさんの共感をよぶはずです。

中井はるの

ふたごの魔法使い ②

モニカ王女とニコも魔法集会へ向かう。そこで行われようとしていたこととは——!?
ドラゴンの登場や新たな仲間との出会い……、おどろきの展開が次々にくり広げられる！

ドラゴンが現われる！

魔法集会で何が起こる!?

※せりふの内容は変更する場合があります。

仲間は再会できるのか

お楽しみに！

［原作］ミリアム・ボナストレ・トゥール

バルセロナ近郊の小さな町で生まれ、歩けるようになる前から、滑らかな面を見つけると落書きをしていた。バルセロナのエスコーラ・ヨソ・センター・フォー・コミックス&ビジュアル・アーツでコミックを学ぶ。スペイン語で多くのコミックを描き、現在はアニメーション分野でキャラクターデザイナーとして働く。スペイン在住。

［訳］中井はるの

子どもの本に可能性を感じ、児童書翻訳をはじめる。『木の葉のホームワーク』（講談社）で第60回産経児童出版文化賞翻訳作品賞を受賞。翻訳作品に「グレッグのダメ日記」シリーズ（ポプラ社）、「ワンダー」シリーズ（ほるぷ出版）、『難民になったねこ クンクーシュ』（かもがわ出版）、『ビアトリクス・ポター物語：ピーターラビットと自然を守った人』（化学同人）他多数。

ふたこの魔法使い ①
大冒険の始まり

2024年11月12日　第1刷発行

［原作］ミリアム・ボナストレ・トゥール
［訳］中井はるの
［デザイン］SAVA DESIGN
［書き文字］城咲 綾

［発行人］川畑 勝
［編集人］高尾俊太郎
［企画編集］松山明代
［翻訳協力］冬木恵子
［編集協力］上埜真紀子　川勝愛子
［DTP］株式会社アド・クレール
［発行所］株式会社Gakken
　　　　〒141-8416 東京都品川区西五反田2-11-8
［印刷所］TOPPANクロレ株式会社

この本に関する各種お問い合わせ先
▶ 本の内容については　下記サイトのお問い合わせフォームよりお願いします。
　　https://www.corp-gakken.co.jp/contact/
▶ 在庫については　Tel：03-6431-1197（販売部）
▶ 不良品（落丁、乱丁）については　Tel：0570-000577
　　学研業務センター　〒354-0045　埼玉県入間郡三芳町上富279-1
▶ 上記以外のお問い合わせは、Tel：0570-056-710（学研グループ 総合案内）

NDC 933.7　192P
HOOKY #1 by Miriam Bonastre Tur
Copyright © 2021 by Miriam Bonastre Tur
Published by arrangement with HarperCollins Children's Books, a division of HarperCollins Publishers,
through Japan UNI Agency, Inc., Tokyo
A Digital Version of HOOKY was originally published on Webtoon in 2015
© Haruno Nakai 2024 Printed in Japan
本書は、Webtoonで掲載された「Hooky」の紙書版本を日本語版にしたものです。原作から、タイトルや一部登場人物名、表記等を調整しています。
本書の無断転載、複製、複写（コピー）、翻訳を禁じます。
本書を代行業者等の第三者に依頼してスキャンやデジタル化することは、たとえ個人や家庭内の利用であっても、著作権法上、認められておりません。
複写（コピー）をご希望の場合は、下記までご連絡ください。
日本複製権センター　https://jrrc.or.jp/　E-mail:jrrc_info@jrrc.or.jp
⟨日本複製権センター委託出版物⟩
学研グループの書籍・雑誌についての新刊情報・詳細情報は、下記をご覧ください。
学研出版サイト　https://hon.gakken.jp/